Nanuq, les flocons et le géant

Que fait-on dans le **Grand Nord, au Nunavik ?**

* **On peut y croiser** des ours blancs, des renards arctiques, des morses, des phoques, des bélugas, des baleines, des narvals, des saumons, des ombles chevaliers, des oiseaux migrateurs (les bernaches du Canada et les eiders)...

* **On y trouve** la toundra sauvage, des forêts boréales au sud, des lacs créés par les glaciers, ainsi que des aurores boréales les nuits d'hiver.

* **On parle** l'*inuktitut*, l'anglais et un peu de français.

* **On compte** 11 000 habitants dont 90 % sont des Inuits.

* **On chasse** le phoque, le morse, l'ours blanc, on pêche et on pratique la cueillette en été.

* **On y pratique** la religion anglicane.

✳ **On se trouve** dans la région arctique du Québec, au nord. Le territoire est délimité à l'ouest par la baie d'Hudson, au nord par le détroit d'Hudson et à l'est par la baie d'Ungava et le Labrador.

✳ **On mange** de la viande crue, du poisson, des baies sauvages, des œufs d'eider, du *muktuk* (sous la peau de baleine) et aujourd'hui tous les aliments que l'on peut acheter en supermarché.

✳ **On profite** d'un climat subarctique et arctique.

✳ **On côtoie** de près le Nunavut et le cercle polaire arctique.

Nunavik : « LA TERRE OÙ L'ON S'INSTALLE » EN *INUKTITUT*.

Inuit : « ÊTRES HUMAINS » EN *INUKTITUT*.

« À ma mère et à ma petite sœur, mes premières lectrices. »
J.B.B.

« À Carine, la fée des neiges qui est à l'origine de ce livre,
pour avoir vécu plusieurs années au cœur de cette tribu. »
L'éditrice

Nanuq, les flocons et le géant

Textes **Julie Bélaval Bazin**
Illustrations **Emna**

onte-moi le monde **Nunavik**

limonade

Si je te raconte que, chez moi, l'hiver oublie de nous donner de sa lumière.

Si je te dis que le froid est si puissant, qu'il te faut revêtir la peau d'un ours blanc pour marcher sur ma terre.

Aurais-tu assez de courage pour m'accompagner vers mon village, lorsque la neige a enseveli le sol et glacé les lacs ?

Oui ? Alors viens avec moi. Tu n'auras plus froid ici, dans ma maison de bois.

Tu aimes ces sculptures? Celle-ci, *Nanuq*[*] qui danse, c'est moi qui l'ai faite avec de la pierre à savon[*]. Les autres sont à mon grand-père, il est sculpteur. Elles parlent de ce qui nous est arrivé il y a quelques lunes.

Tu veux que je te raconte?

C'était un jour où il n'y avait pas l'école. La fin de l'hiver approchait, mais sans se hâter. « Seqined », le soleil, ne brillait encore que quelques heures. Bientôt, il nous éblouirait et le chant du craquement de la glace annoncerait le début du printemps.

Malgré le froid, je pêchais avec ma mère, Lisha, à l'aide d'une ligne à travers la glace.

Nanuq : « OURS BLANC » EN *INUKTITUT*.

Pierre à savon : ROCHE TRÈS TENDRE, D'UN BLANC SALE, À L'ASPECT SAVONNEUX.

De temps en temps, j'embrassais ma petite sœur, qui était bien au chaud dans l'*amauti* * que portait toujours ma mère lorsque nous sortions. Elle pouvait ainsi observer tout ce que nous faisions. Toute petite, elle apprenait déjà.

C'est à ce moment-là que la terre trembla. Nous sentîmes les vibrations sous nos bottes *. L'eau se troubla et le son d'un immense tambour * retentit comme un mauvais présage. Il y eut un brouhaha général, comme si l'eau des torrents coulait brusquement. Puis, le bruit et les vibrations

Amauti: VÊTEMENT TRADITIONNEL DOTÉ D'UNE LARGE CAPUCHE POUR PORTER UN BÉBÉ.

Bottes *Kamiit* : BOTTE COUSUE EN PEAU D'OURS OU DE PHOQUE.

Tambour plat *Qilaut* : FAIT D'UNE PEAU TENDUE, IL RYTHME LES RÉCITS DE CELUI QUI CHANTE.

s'arrêtèrent d'un seul coup. C'est à ce moment-là que je l'ai vu. J'étais paralysée. Debout devant le village, il était là, immense et terrible. J'ai cru, l'espace d'un instant, qu'il s'agissait d'un de nos *Inukshuk*[+].
Bien sûr, ça aurait été incroyable que l'un d'eux se déplace, mais comme ces hommes de pierre nous avaient toujours aidés, au moins, il ne nous aurait fait aucun mal.

– Non Paulousie. Ce n'est pas un *Inukshuk*.
Regarde, il lui manque le haut du corps. Puis sa tête et ses jambes sont faites de glace ! me chuchota ma mère.

Elle avait raison. C'était autre « chose ».

Inukshuk : EMPILEMENT DE PIERRES QUI RESSEMBLE À UN ÊTRE HUMAIN ET QUI AIDAIT LES INUITS DANS LEUR CHASSE AUX CARIBOUS.

Debout à la porte de notre village, ce géant de pierre et de glace nous toisait*. Sa tête était posée sur ses jambes, ses trop grands bras se terminaient par des mains de pierre et de ses pieds s'échappaient de la fumée.

– Que va-t-il faire ? C'est un cauchemar !

L'angoisse étreignait mon cœur, j'étais terrifiée ! Je voulais fermer les yeux, ne pas le regarder, m'enfouir sous la neige, mais je ne pouvais pas détacher mon regard de cette chose monstrueuse.

Le géant de glace* entra dans le village et se dirigea vers la cabane* où nous entreposions la viande chassée. Il la secoua comme une vulgaire boîte de conserve, l'ouvrit et en avala tout son contenu ! Les chiens, attachés près des maisons, aboyaient tant qu'ils le pouvaient.

Toiser : REGARDER AVEC MÉPRIS.

Le géant de glace : IL SYMBOLISE LA CUPIDITÉ DE CEUX QUI VIENNENT CHASSER OU PÊCHER À OUTRANCE SUR CE CONTINENT ET QUI SONT RESPONSABLES DES QUOTAS DE PÊCHE ET DE CHASSE IMPOSÉS AUX INUITS, QUI, EUX, CHASSENT POUR VIVRE. IL SYMBOLISE AUSSI LE RÉCHAUFFEMENT CLIMATIQUE DONT NOUS SOMMES RESPONSABLES ET QUI TOUCHE INDUBITABLEMENT CE PEUPLE ET LEUR MODE DE VIE TRADITIONNEL.

Cabane : RÉFRIGÉRATEUR COMMUNAUTAIRE OÙ LA VIANDE CHASSÉE EST ENTREPOSÉE POUR QU'ELLE SOIT PARTAGÉE AVEC CEUX DU VILLAGE QUI EN ONT BESOIN.

Mais, lorsqu'il s'avança vers eux, ils se cachèrent et on ne les entendit plus. Le géant de glace pouvait entrer chez nous sans difficulté, puisque nous ne fermions jamais nos portes à clé. Celui qui a froid ou faim, peut entrer, tout simplement. Il n'a pas besoin de frapper. Le géant engouffra un bras par la porte, puis suspendit son geste. Il avait vu l'épicerie. Il la prit alors pour cible. Il en ingurgita tous les produits consommables. Enfin, il s'arrêta et nous

regarda, nous qu'il venait de dépouiller. Ses yeux étaient minuscules. J'étais certaine qu'il ne voyait presque rien. Je pensais qu'il allait enfin partir, quand, tout à coup, il se mit à souffler ! Il souffla si fort qu'un vent se leva de tous côtés et souleva la neige !

– Vite !

Ma mère attrapa ma main et nous courûmes vers notre maison. Tout le monde fit comme nous pour se protéger de ce blizzard[*].

Le son funeste du tambour s'éloigna et, finalement, il disparut en même temps que le vent.

Blizzard : VENT FORT ACCOMPAGNÉ D'UNE FORTE CHUTE DE NEIGE.

Au-dehors, le ciel était de nouveau dégagé, mais les dégâts étaient considérables.

— Nous devons partir pêcher ! dirent les hommes du village. Qui irait ? Les jeunes garçons, dont mon frère Uqittuk, n'en avaient plus envie. Cela faisait quelque temps qu'ils avaient décidé que regarder la télévision ou jouer aux jeux vidéo était plus intéressant. Apprendre à chasser et à pêcher était quelque chose de dépassé.

— Le magasin est vide ! Si vous voulez vous nourrir, vous devez venir ! s'exclama Qumak, mon grand-père.

Face à leur inertie persistante, je regardais ma sœur Mina et, avec son accord, je pris la parole :

– Puisque les garçons ne veulent pas apprendre, nous irons, nous !

Au moins, toutes les langues furent déliées et les garçons se réveillèrent !

– C'est bon ! Nous irons ! finit par dire mon frère.

Les hommes et les garçons préparèrent filets, lignes et harpons pour la pêche, puis chargèrent les traîneaux*, accrochés aux motoneiges.

Ma mère et d'autres femmes s'affairaient et cuisaient la bannique* pour leur expédition.

— Grand-père, j'étais sérieuse. Je voudrais vous accompagner, lui dis-je en marchant.

Je n'entendais que la neige craquer sous mes bottes, parce qu'il resta silencieux un moment.

— Paulousie, pour cette fois encore, reste ici pour aider ta mère. À la débâcle* du printemps, tu viendras, me répondit Qumak.

Puis ils partirent. Moi j'avais peur que le géant revienne.

Traîneaux : SE DIT *KOMATIQ* EN *INUKTITUT.*

Bannique : C'EST UN PAIN SANS LEVAIN FABRIQUÉ AVEC DE LA FARINE, DU SEL, DE LA POUDRE À PÂTE, DE LA GRAISSE ET DE L'EAU.

Débâcle : RUPTURE ET FONTE DE LA GLACE À LA SURFACE D'UN COURS D'EAU.

Nous qui passions notre temps libre en dehors de nos maisons, à dormir chez les cousins, à jouer dans la neige jusqu'à tard dans la nuit, tout cela avait bien changé. Ce géant de glace avait pétrifié notre liberté.

Un soir, quelques étoiles semblèrent transpercer le ciel de leur lumière.

Nous mangions entre filles, assises sur le sol autour de la nappe. J'allais attraper un œil de poisson lorsque des flammes vertes et bleues jaillirent furieusement du ciel. Les aurores boréales annonçaient des choses différentes. Mais là, ce que je voyais était incroyable ! C'était le géant de glace qui jonglait avec ces boules de feu !

— Grand-mère, vite ! Regarde !

Elle se leva vers la fenêtre, puis ma mère et mes sœurs la suivirent. Son visage se fit grave, elle ne souriait plus.

— Cela ne présage rien de bon, me dit-elle en secouant la tête.

Puis maman nous coupa un peu de viande crue de caribou avec son *ulu*[*] et nous finîmes en silence notre dîner.

Nous étions tellement choquées que, après le repas, il n'y eut pas de *katajjaq*[*], nos jeux de gorge que nous apprenaient maman et grand-mère.

Quand enfin le soleil brilla, la lumière jaillit pour chasser l'obscurité. Effacerait-elle aussi le souvenir de ce géant de glace ? Pas vraiment. Je regardais au loin avec l'inquiétude de le voir revenir.

Beaucoup de choses avaient commencé à changer. Le vent pouvait souffler de tous côtés, les nuages ne permettaient plus de prévoir le temps qu'il ferait pour partir chasser.

Et la nature aussi était perturbée.

— L'omble⁺ n'a plus sa couleur rouge. Il est rose pâle...

La pluie tombait trop souvent, les sols étaient boueux et le vent rendait les sorties et la chasse difficiles.

Le temps devenait-il fou ? Nous le pensions tous. Néanmoins, il fallait s'adapter, comme mon peuple l'avait toujours fait.

Ulu : COUTEAU TRADITIONNEL EN FORME DE DEMI-LUNE.

Katajjaq : JEU DE GORGE OU VOCAL QUI RETRANSCRIT LE CHANT DU VENT, LES SONS DES ANIMAUX. DEUX FEMMES SONT PLACÉES FACE À FACE EN SE TENANT LES ÉPAULES ET LA PREMIÈRE À BOUT DE SOUFFLE OU QUI RIGOLE A PERDU !

Omble chevalier : POISSON D'ARCTIQUE.

Puis la dislocation des glaces commença avec un peu trop d'avance. Mais, moi, je ne pensais qu'à une chose : mon grand-père tiendrait-il sa promesse ?

Les jours qui suivirent étaient bien trop doux. Et, lorsque les hommes partirent pour la chasse aux phoques, Qumak me dit :

– Prépare-toi Paulousie, nous irons bientôt !

Des hommes et des jeunes partirent. Les garçons avaient découvert ce lien qui les unissait à leur terre. Les aînés, les chasseurs expérimentés, leur montraient comment survivre dans cet environnement de glace, comment faire face aux dangers. À chaque retour, Uqittuk était intarissable sur tout ce qu'il apprenait. Moi, j'étais un peu jalouse. Je voulais apprendre aussi.

Seulement, quand les hommes rentrèrent cette fois, ils étaient inquiets.

— La neige fond trop vite, nous raconta mon père. La couche de glace est déjà fine et les phoques étaient beaucoup moins nombreux qu'au printemps dernier.

— La neige n'était même pas assez ferme pour que l'on construise un igloo, regretta mon frère.

— Nous emmènerons une barque sur les traîneaux, dit Qumak. Si la glace se brise, nous ne serons pas pris au piège.

Ma mère n'était pas très heureuse que je parte. Pour moi, c'était un jour de fête !

À l'arrière de la motoneige, je regardais le paysage défiler. La toundra* rayonnait, les rochers dessinaient des vagues sur le roux des collines, entre le lichen* et l'herbe fleurie. Qumak et mon père, Lucassie, tuèrent des eiders, et nous dressâmes le *toupek**, car le vent soufflait sans répit.

Toundra : PAYSAGE DES RÉGIONS POLAIRES, FAIT DE TAPIS DISCONTINUS D'HERBES, DE MOUSSES, DE LICHENS, DE ROCHES ET DE QUELQUES ARBRES NAINS.

Lichen : VÉGÉTAL FORMÉ PAR L'ASSOCIATION D'ALGUES ET DE CHAMPIGNONS.

Toupek : TENTE D'ÉTÉ INUIT.

Puis le paysage blanc réapparut. Les harpons étaient prêts. Allongé près d'un trou d'air, mon père prit un phoque. Pour apprendre, moi je regardais.

Au même moment, un son funeste retentit : le son du tambour du géant de glace ! Il marchait au loin, ses pieds réchauffaient la glace qui se disloquait beaucoup trop vite ! La banquise craqua. D'une main il attrapait des phoques, de l'autre des narvals ! Des peaux d'ours polaire sur ses épaules, sa faim semblait insatiable* !

Il était trop tard pour nous. Notre matériel, la motoneige, le traîneau allaient sombrer dans l'eau gelée, car le morceau de banquise sur lequel nous étions s'était détaché.

Insatiable : QUI NE PEUT PAS ÊTRE RASSASIÉ.

Qumak, Uqittuk, mon père et moi, montâmes dans notre barque.

Nous regardions le géant de glace gaspiller nos animaux, abîmer notre terre et perturber le temps. Il soufflait et déchaînait un vent glacial. Chacun de ses pas blessait le sol.

Mais pourquoi prenait-il autant d'animaux, lui qui n'avait même pas de ventre ? Sa tête de glace devait l'empêcher de penser. Et son cœur ? Était-il aussi de pierre ? Non, puisqu'il n'en avait pas !

Le son du tambour s'éloigna, puis disparut.

Il fallait maintenant ramer jusqu'à la rive de glace. Nous n'avions plus que le phoque pour nous nourrir. Rescapés des ravages qu'avait causés le géant de glace, il nous fallait maintenant rejoindre notre village... à pied !

— Nous construirons un igloo, dit Qumak.

Nous le suivîmes et nous mîmes en marche vers un endroit plus favorable. Puis, lorsqu'il s'arrêta enfin, nous commençâmes à couper des blocs de glace avec nos *uluit**. Mais, soudain, mon grand-père suspendit son geste. Il fixait quelque chose derrière nous.

— *Nanuq*, murmura-t-il.

Mon père et lui attrapèrent leur arme, Uqittuk et moi notre harpon. Ils étaient deux, ils marchaient au loin en quête d'un phoque. Même à bonne distance, je pouvais voir que ces ours étaient maigres, plus maigres que ceux qu'avaient déjà tués mon père et mon grand-père.

Cela voulait dire qu'ils souffraient eux aussi des cataclysmes causés par le géant de glace.

Uluit: C'EST LE PLURIEL DE « ULU ».

Ils étaient prêts à les tuer. L'occasion était trop belle. C'est à ce moment-là que je me suis rappelée de la légende de *Nanuq*. L'ours blanc nous ressemblait tellement, debout sur ses pattes arrière, quand il semble danser sur la banquise, lorsqu'il s'allonge pour attraper sa proie d'un seul coup de patte. Mais il avait aussi sauvé un petit Inuit, l'élevant comme un de ses oursons. Que serions-nous sans lui sur cette terre ? Et sans les phoques ?

Le vent s'était réveillé, les nuages défilaient dans le ciel à la même vitesse que les icebergs sur l'eau gelée. J'avais l'impression que Sedna[*] me parlait, qu'elle aussi était en colère de voir ses animaux disparaître.

– Attendez ! Grand-père, papa !

Ils m'ont regardée comme si je n'avais plus toute ma raison.

Et, là, tout bascula de nouveau. Le son du tambour raisonna encore. Les ours s'étaient redressés, prêts à attaquer celui qui avançait vers eux. Le géant de glace approchait.

– Nous devons les aider ! C'est maintenant ! Il faut y aller ! Pour notre famille, pour notre terre ! leur criai-je.

Sedna : C'EST LA DÉESSE DE LA MER.

— Je pense comme Paulousie ! dit Uqittuk.

Mon père et mon grand-père parlèrent d'une même voix :

— Allons-y !

Et nous courûmes tous les quatre en direction du géant de glace et des ours qui se livraient déjà bataille.

Sous ses pieds en roc, la glace se brisait toujours. Si nous voulions gagner, il fallait le faire reculer vers l'eau.

Nous évitions difficilement ses mains de pierre, mais, avec mon frère et nos harpons, nous essayions d'abîmer ses jambes de glace. J'avais l'impression que nous étions deux flocons de neige s'entêtant à vouloir faire couler un iceberg ! Le géant était assailli de tous côtés : les ours donnaient des coups de pattes rageurs, mon père et mon grand-père visaient ses bras et ses jambes de glace. Un terrible déchirement de la banquise se fit entendre et un coup de vent miraculeux fit basculer le géant dans l'eau gelée. La mer était un miroir parfait, le géant s'engouffrant dans les profondeurs semblait être vaincu par lui-même.

Nous étions épuisés. La lutte était terminée. Les ours nous fixèrent un instant et s'en allèrent plus loin, en quête de nourriture.

C'était certainement vrai, les ours blancs étaient des hommes du froid déguisés, pour survivre plus facilement sur cette terre de glace.

Nous avions besoin les uns des autres. À partir de ce jour, je n'ai plus regardé un ours blanc de la même façon.

Le géant n'était plus. Nous avions gagné ! On dansait, on chantait sous le regard bienveillant du soleil.

Rentrer chez nous prendrait plusieurs jours, mais nous y arriverions. Et, comme pour nous remercier, le vent se contenta de chuchoter à nos oreilles lors des jours de marche. Il ne criait que lorsque nous nous reposions. Ses hurlements me rappelaient alors le bruit funeste du géant de glace, mais, dans mes rêves agités, les loups et les ours blancs combattaient à nos côtés. Puis, enfin englouti par les eaux, le monstre était conduit par les phoques, les narvals et les bélugas, devant la déesse Sedna pour qu'il soit jugé de ses crimes.

Lorsque la toundra s'offrit enfin à nos regards, notre village n'était plus très loin.

Ce fut jour de fête lorsque nous retrouvâmes enfin notre famille et nos amis !

Pendant que nous racontions notre voyage et comment nous avions vaincu le géant de glace avec l'aide des ours blancs, les autres nous parlaient d'oiseaux inconnus qui avaient fait leur apparition, des moustiques, des oies qui avaient mangé presque tous les petits fruits pas encore mûrs, de notre cueillette annuelle et de la chaleur qui s'installait.

— L'englacement sera plus tardif cette année, dirent les anciens du village. Mais, si nous nous entraidons comme nous l'avons toujours fait, si nos jeunes apprennent comment vivre sur cette terre, le climat versatile et incertain n'aura pas le dernier mot !

Nous vivons sur une terre de glace, mais le froid et la neige sont notre vie et notre survie.

Et, lorsque nous sommes les plus heureux, c'est au milieu de la toundra, au bord de la banquise, là où plus aucune limite n'arrête notre regard.

Si les temps changent, nous évoluerons avec eux.

En fait, ce n'était pas seulement une histoire incroyable.

C'est notre vie !

Votre livre vous raconte
qu'il vient de forêts préservées.

ISBN : 978-2-940456-29-1
Dépôt légal : Janvier 2014
Imprimé en République Tchèque (2ᵉ semestre 2013)

Création graphique :
Noémie Levain

www.editions-limonade.com

Islande ✴ 10

Mongolie ✴ 3

7 ✴ Japon

Népal ✴ 2

Inde ✴ 9   1 ✴ Laos

6 ✴ Malaisie

Amazonie ✴ 8

Namibie ✴ 4

Tasmanie ✴ 5

Laos ✴ 1
L'œil du tigre

Népal ✴ 2
Les esprits de Taïga

Mongolie ✴ 3
Au cœur de l'Himalaya